이 책의 수익금 전부는
장학금 지원과 소년 소녀 가장 돕기에 쓰입니다.

희망을 모아 나누는 우리

1판 1쇄 발행 2022년 3월 21일

지은이 이영하

편집 홍새솔   마케팅 박가영   총괄 신선미

펴낸곳 하움출판사   펴낸이 문현광
주소 전라북도 군산시 수송로 315 하움출판사

이메일 haum1000@naver.com   홈페이지 haum.kr
블로그 blog.naver.com/haum1007   인스타 @haum1007

ISBN 979-11-6440-946-4 (03810)

좋은 책을 만들겠습니다.
하움출판사는 독자 여러분의 의견에 항상 귀 기울이고 있습니다.
파본은 구입처에서 교환해 드립니다.

희망을 모아
나누는 우리

머리말

이 책은 해 뜨는 마을의 일상을 담았다.

해 뜨는 마을의 모든 공동체원은 황무지에서 희망을 만들어 가고 있다.

이곳은 농촌이지만, 떡 공장으로 인해 청년이 많다. 그리고 희망을 품고 소외된 이웃을 돕는 아산 풍성한 영농조합의 공동체원이 열정으로 함께 살아가고 있다. 그들은 많은 어려움과 역경 속에서도 빛을 발하고 있다.

2012년에 옥수수 20,000주를 심었으나 전부 죽는 잊히지 않는 일이 있었다.

황무지에 심어 그러한 결과가 나왔는지도 모른다. 하지만 그곳에서 함께했던 이들은 슬픔 속에서도 포기하지 않고 일어났다. 눈물의 골짜기에서 희망의 끈 하나를 붙잡고 기도하며 버텨 냈다.

제1권 『해 뜨는 마을 – 행복한 동산』에 소개되어 있듯이 아산 풍성한 영농조합은 지역 내 취약 계층 일자리 창출에도 앞장서며 사회적 기업으로 두각을 나타내고 있다. 아산 풍성한 영농조합에서는 건강한 먹거리인 오색 떡국떡과 그 외 다양한 떡을 만들어 사회적 기업으로도 확장해 나가고 있다. 판매한 떡의 이익금으로는 복지센터에 있는 그늘진 이웃, 함께해야 하는데 그렇지 못하는 노인들에게 찾아가고 있다. 아산 풍성한 영농조합은 소외된 이웃들을 찾아가 모닥불처럼 따뜻한 불씨를 일으키고 있으며 앞으로도 꾸준히 발전하길 갈망한다.

아산 풍성한 영농조합의 열정이 한마음 한뜻이 되어 희망을 창조하고 있다.

조합원 모두가 이웃을 더 많이 돕기를 원하고 도움의 손을 넓혀 나가기를 원한다.

나는 객관적인 입장에서 내가 바라본 아산 풍성한 영농조합의 기적을 기록했다. 지금 COVID-19로 인해 절망하고 있는 사람들에게 희망을 선물하고 싶었기 때문에 이 책을 읽는 독자들은 이 책을 통해 따뜻한 선물을 받을 수 있기를 바란다. 이 책에 있는 여러 글을 읽는 모든 이의 마음에 희망을 품고 힘을 낼 수 있는 나날들이 넘쳐 나길 소망한다.

책에는 현재 아산 풍성한 영농조합에서 일어나고 있는 작은 이야기들을 담았다. 그리고 부족하지만 직접 쓴 시도 넣었다.

이 글을 읽는 모든 독자의 가정에 하나님의 축복이 깃들기를 원한다.

늘 우리와 함께하시는 아산 풍성한 영농조합 황윤희 대표님께 감사를 드린다.

그리고 늘 함께 도움을 주시고 응원해 주시는 우리 해 뜨는 마을 식구들과 늘 축복해 주시는 즐거운교회 박화용 목사님, 노기화 원장님께도 감사를 드린다. 그리고 롯교회 전용범 원로 목사님, 임점순 사모님과 식구들께도 감사를 드린다. 농민을 사랑하고 함께하는 윤선 박사님께도 감사를 드린다. 또한 이 책이 출판되기까지 땀방울을 흘려 모든 과정을 함께한 출판사 모든 분께도 감사를 드린다.

목차

희망을 모아 나누는 우리, 역경에서 희망을 찾아

김미숙 할머니께서 해 뜨는 마을에 오게 되었다. 그 어르신을 돌보아 줄 사람이 없었다. 병원비도 황 원장이 감당해야 했다. 황 원장은 안타까웠다. 더 많은 사람을 돕기 위해 식구들은 황무지를 갈아엎어 농사를 짓게 되었다.

황무지를 갈아 밭을 일구기가 쉽지 않았다. 돌이 너무 많았기 때문에 포클레인으로 작업을 했다. 매년 농사를 지을 때마다 돌을 골라내야 하는 갑절의 수고가 필요했다.

그러한 수고에도 일군 땅은 밭의 효력을 발휘하지 못했다. 그래도 식구들은 용기를 내서 옥수수 20,000주를 심었다. 거름이 부족했을까? 농사가 처음이었기 때문일까? 옥수수 20,000주가 전부 죽었다. 옥수수를 팔아 번 돈을 통해 주변 어르신들에게 따뜻한 음식을 대접하고 싶었던 우리는 옥수수 씨앗을 샀던 돈도 거둘 수 없어서 아쉬워했다.

◇

처음이었기 때문에 농사를 배웠다는 생각으로 아쉬운 마음을 내려 놓을 수 있었다.

식구들은 소득이 없어 너무 속상했다.

"올해 옥수수 20,000주를 심어, 온양 장터에 가서 많이 팔 생각에 잠을 못 이루었어. 그런데 옥수수가 다 죽었어. 아~ 안타깝구나!"

하지만 함께했던 윤 총무의 마음속에서 희망이 피어나기 시작했다. 윤 총무는 어려운 상황 속에서도 항상 희망을 기다리고 노래했다.

"어머! 저녁 햇살이 너무 아름다워!"

윤 총무는 매 순간 감사함을 찾았기 때문에 함께하는 모든 이가 같이 감사함을 찾을 수 있었다.

윤 총무는 작은 목소리로 읊조렸다. "우리의 집, 황무지처럼 보이는 여기 동산이 샘이 되어 흘려 보내리라! 지금은 아주 어두워 보여도 내일은 내일의 해가 떠오르리라. 놀라운 변화, 변화를 위해 일하는 우리는 희망을 만드는 한 가족이어라. 감사해요."

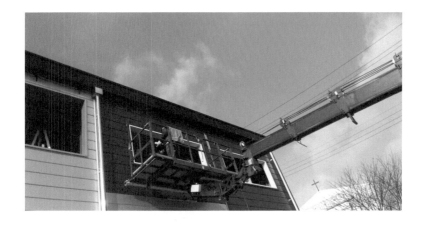

우리는 한 걸음씩 소처럼 걸어가리라.

지금 역경 속에 있다고 좌절하지 마라.

우리는 희망을 만들어 나누어 주리라.

우리를 기다리고 있는 사람들에게 희망의 불씨가 되리라.

우리는 노래하리라.

우리의 해 뜨는 마을이여, 날마다 다시 일어서리라.

희망을 모르는 사람들에게 희망의 불씨가 되리라.

오늘 좋은 일이 있으리라. 많이 있으리라.

오늘의 희망을 품어 나누리라.

참새 할머니는 식구들에게 말했다.

"오늘은 기쁜 소식이 있어요. 아직은 열악하고 내부 시설도 많이 갖추어야 해요. 자동화 시스템도 필요하고 떡을 보관하기 위한 냉장고와 냉동고도 갖추어야 하지만 오래전부터 진행한 해썹(HACCP) 떡 공장이 완공되었어요."

아산 풍성한 영농조합은 전 세계로 수출을 준비하고 있다.

희망을 만드는 우리는 오늘도 땀방울을 흘리고 있다.

그리고 제1권 『해 뜨는 마을 – 행복한 동산』에 소개되어 있는 이야기와 함께 옥수수 농사에서 끝나지 않은 다른 이야기들을 만들어 가고 있다.

다시 찾은 풍성한 가을

답답한 도시로부터 떠나자. '해 뜨는 마을'로 여행을 가면 새로운 세상을 만날 수 있다.

이 공동체 안에는 황 원장, 원 씨, 참새 할머니, 은혜 할머니, 정 이장, 정 이장의 아내 사라, 요셉 청년, 소현이 엄마, 천사 같은 동규, 현

우 등 많은 사람이 함께 살고 있다. 이 책에 나오는 많은 사람은 조합원으로 살아갈 뿐만 아니라 식구로 살아가고 있다. 이렇게 한 식구로 살아가고 있는 우리에게 슬픈 일이 닥쳤다.

대량으로 오색 떡국떡 주문이 들어왔던 때가 있다. 대량 주문으로 인해 우리의 마음은 들떠 있었다. 그 이익금으로 우리가 원했던 일인 굶주린 이웃을 돕고 싶었다. 또 아산 풍성한 영농조합의 목적에 맞게 소외된 사람들에게 다가갈 수 있겠다고 생각했다. 하지만 주문만 하고 구매자는 나타나지 않았다.

또 소비자가 원하는 건강한 먹거리를 만들고자 오랜 시간 연구했다.

이런 시간이 지나 가을이 찾아왔다. 우리는 많은 식구를 통해 사계절을 마음 따뜻하게 보낼 수 있었다.

밭에서 일하고 있던 은혜 할머니가 세 고랑이 남았으니 빨리하자고 말했다.

"작년에도 김장을 하기 위해 무랑 배추를 먹을 만큼만 심었어요. 풍

◇

13

년이라 올해는 더 심었어요. 하늘에서는 때에 따라 단비가 내려 작황 상태가 좋았어요. 하지만 배추, 무가 비싸지 않아서 버리는 걸 보면 마음이 슬퍼져요."

일을 하는 중에 트럭이 지나가는데 신나는 노랫소리가 들렸다. 콩작작 콩작작. 노래가 울려 퍼졌다. 물건을 실어 와서 파는 트럭이었다.

함께 일하고 있던 이 씨는 은혜 할머니를 불렀다.

◇

"은혜 할머니! 저기 장사하는 트럭이 왔어요. 우리 어묵도 사고요. 필요한 것 있으면 삽시다."

가서 필요한 물건들이 있다면 구매하자고 말하는 사람들도 있었지만, 당장 필요한 것들이 없으니 아끼자고 말하는 사람들이 많았다. 은혜 할머니는 정 이장이 시내에 나가면 저렴하게 살 수 있다고 했다고 말했다.

다들 아쉬운 마음을 눌렀다. 그래도 이곳 산골까지 장사 트럭이 온다는 것만으로도 감사했다.

정 이장이 밭에 거름을 더 주어야 한다고 급하게 왔다. 거름을 더 주어야 배추 모종 아주 심기를 할 수 있어서 급하게 왔던 것이다. 원 씨는 거름을 날라서 아주 심기를 할 자리에 뿌려 놓아야 한다고 했다. 땅도 영양분을 충분히 받아먹어야 튼튼한 열매를 맺는다고 했다.

한편 원 씨가 손수레를 끌고 거름이 있는 곳으로 갔다. 원형이, 광형이 형제도 함께 따라가 거름을 파서 손수레에 담았다. 많이 날랐기 때문에 땀방울이 얼굴에 맺혀 흘렀다. 이 모습을 본 정 이장은 한숨을 쉬었다. 화학 비료도 효과가 있지만 잘못하면 땅이 황폐해지기 때문에 유기농 비료가 더 좋다. 옛날 어르신들은 퇴비를 만들어 밭에 뿌렸기 때문에 땅이 힘이 있었고 열매가 튼튼하게 맺혔다. 하지만 집마다 고약한 냄새로 가득했다. 정 이장은 역겨운 냄새를 참아 가며 열매를 거두는 농사가 대단하다고 생각한다.

어린 시절 정 이장이 가장 싫었던 것은 소여물을 하러 산에 가서 풀을 베는 것이었다. 힘이 들고 땀이 많이 흘렀기 때문이다. 친구들이랑 맘껏 뛰어놀고 싶었지만 참아야 하는 순간들이 있었기 때문에 농사는 항상 힘들게 느껴졌다.

소만 없다면 친구들과 개구리를 잡아 구워 먹고 신나게 놀았을 것을 생각하며 정 이장은 농사를 원망했다.

◇

요즘 소들은 문제가 많다. 소는 풀을 먹고 성장해야 정상인데 요즘에는 그렇지 않아서 광우병이 생겼다. 소는 소의 먹거리가 따로 있고, 사람에게는 사람의 먹거리가 따로 있다. 심지어 땅에 기어 다니는 지렁이조차도 자신이 먹어야 할 먹거리가 있다. 우리 사람도 좋은 환경에서 나는 먹거리를 먹어야 건강해진다. 농약을 쓰지 않아야 좋은데 농약을 사용하지 않는 것이 쉽지 않다.

밭에서 거름을 주고 있던 마 씨 아저씨는 한숨을 쉬며 말했다.

"요즈음 현대인들은 좋은 먹거리를 많이 찾아요. 그러나 지나친 고기 섭취와 간편한 음식이 건강을 해치는 것 같아요."

이렇게 여러 이야기를 하다 보니 벌써 밭일이 끝나 있었다.

◇

내일은 우리 예슬이가 농장 견학을 간다고 참새 할머니는 예슬이를 칭찬했다.

03

예슬이의 농장 견학

예슬이 엄마는 아침 일찍 바쁘게 움직였다. 오늘 예슬이가 어린이집에서 예산 사과 농장을 견학하러 가기에 김밥과 간식을 준비하는 중이었다. 예슬이 엄마의 언니 칠칠이는 동생의 건강이 좋아 보이지 않는 것을 느꼈다. 칠칠이는 걱정이 되어 소현이 엄마가 김밥 한 줄을 더 챙겼으면 하는 생각이 들었다.

가끔 예슬이 엄마가 아플 때마다 소현이 엄마가 예슬이를 돌보았다. 소현이 엄마는 등교 시간에 맞추어 예슬이에게 밥을 먹이고 학교를 보냈다. 어떤 때는 목욕도 시켜 주고 머리 손질도 해 주었다. 칠칠이는 속으로 본인이 할 줄 아는 것이 있으면 좋겠다고 탄식했다.

그리고 이다음에 돈이 생기면 주변 사람들에게 맛있는 것을 대접해야겠다며 다짐한다.

예슬이는 농장 견학을 가서 먹음직스럽고 탐스럽게 열린 사과를 보았다. 예슬이는 순덕이를 불렀다. "순덕아, 이것 봐. 사과가 맛있게 열

◇

렸어. 우리는 키가 작아서 손에 닿는 것만 딸 수 있어."

농장 주인아저씨는 사과 따는 방법을 아이들에게 가르쳐 주었다.

그러나 아이들은 노는 것이 더 좋았다. 신나게 손에 닿는 사과나무를 흔들며 떨어지는 사과를 보았다. 예슬이는 떨어지는 사과만 보니 심심해서 결국 친구들과 숨바꼭질을 하며 놀았다.

저녁이 되어 칠칠이는 조카 예슬이가 보고 싶어서 방문을 두드렸다.

방으로 들어가니 예슬이가 농장 체험 후 가지고 온 사과와 사과주스가 보였다. 칠칠이는 예슬이에게 사과 하나를 달라고 하였으나 예슬이는 싫다고 했다. 하지만 엄마와 이모가 하나씩 달라고 말하니 사과를 건네주었다. 예슬이 혼자 다 먹고 싶었던 것 같다.

04

이웃사촌

다음 날, 소현이 엄마와 예슬이 엄마는 아이들을 어린이집에 데려다주기 위해 언덕 아래로 내려갔다. 소현이 엄마와 예슬이 엄마는 반갑게 인사를 했다.

소현이는 예슬이 엄마에게 인사를 했다. "안녕하세요?" 예슬이 엄마는 소현이를 보자 반가웠다. "우리 소현이도 안녕? 일찍 유치원에 가느라 고생이 많네?" 소현이는 예슬이에게 "언니, 안녕?" 하고 인사를 했다. 예슬이도 인사를 하고 사과 농장에 놀러 간 것이 재미있었다고 이야기를 했다.

예슬이 엄마는 소현이 엄마에게 고마운 마음을 전했다. "저번에 제가 많이 아파서 힘들었는데 우리 예슬이를 돌봐 주셔서 감사해요. 두 아이를 돌보기도 힘드신데 저 때문에 몸살까지 걸리셨다면서요. 죄송해요."

소현이 엄마는 "죄송한 일이 전혀 아니에요. 당연히 도와야 하는 일을 했을 뿐이에요."라고 하면서 영양제를 선물했다.

◇

05

배추 뽑기

이 씨는 걱정이 태산 같았다. 요즘 날씨가 쌀쌀해졌기 때문에 빨리 배추를 뽑지 않으면 먹지 못할까 봐 걱정이었다. 원 씨와 함께 일을 시작하면 좋겠다고 생각하며 일을 어떻게 진행할지 고민해 봤다.

이 씨는 원 씨를 찾던 중에 마침 일을 다 보고 트럭에서 내리는 원 씨를 발견했다. 이 씨는 원 씨에게 조심스럽게 무슨 일부터 시작할지 물으며 배추 이야기를 꺼냈다. 이 말에 원 씨는 배추를 뽑으러 가자며 서둘러 손수레를 끌고 내려갔다.

그들은 찬 바람 속에 배추를 베어 나가는데 이 씨는 무거워진 배추를 보며 기쁜 마음으로 배추를 베었다. 예슬이 엄마는 이 씨와 함께 배추를 손수레에 실었다.

원 씨는 예슬이 엄마를 불러 배추에 대해서 설명했다.

"이것 보세요. 누런 것이 속이 꽉 차서 맛있어 보이네요."

◇

　이후 배추를 손수레에 실은 뒤 비닐하우스로 들어갔다. 배추가 얼까 봐 걱정하고 있던 원 씨는 비닐하우스에 배추를 넣었다.

　예슬이 엄마가 걱정되어 원 씨는 위로를 해 주었다.

　"예슬이 엄마! 내일은 더 추워진다고 하네요. 옷을 따뜻하게 입어야 해요."

　예슬이 엄마는 "제가 더 걱정이 되네요. 해마다 입원을 하시잖아요. 제일 좋은 것은 면역력을 키우는 것 아니겠어요?"라고 했다.

　원 씨는 "올해 살던 집이 헐려서 마음이 아주 힘들었을 거예요. 그래도 예슬이가 자라면 힘이 되어 줄 거예요."라고 했다.

06

원 씨의 출발

추석을 앞두고 영농조합과 공동체는 바쁘게 움직였다. 또 추석 전날이라 송편 주문을 받아야 했다. 정 이장은 원 씨를 다정하게 불렀다.

"추석날 가족과 함께 좋은 시간 보내세요." 원 씨는 동생 정 이장의 인사가 고마웠다.

정 이장은 영농조합에서 만든 떡을 챙겨 줬다.

"이것은 깨를 넣은 송편이에요. 이것은 무 한과예요."

원 씨는 곤란한 표정을 지었다.

"너무 많이 주지 마세요. 송편은 그냥 가져갈게요. 무 한과는 제 돈으로 사서 가족들과 나눠 먹겠어요." 이렇게 말한 원 씨는 천천히 짐을 꾸렸다. 정 이장은 짐을 꾸리는 원 씨를 보며 안심시켰다.

"형님, 이제 청소도 다 했고요. 주변 정리도 다 했어요. 걱정하지 마시고 편안히 다녀오세요."

원 씨는 떡을 만드는 일이 바쁜데 집에 가려니 미안한 마음이 들었

◇

다. 정 이장은 그런 원 씨를 또 안심시켰다.

"걱정하지 마시고 다녀오세요."

원 씨는 고마운 마음이 들었다.

'동생~ 항상 챙겨 주니 미안하네! 내가 올 때는 선물을 준비할게요.'

원 씨는 기차를 타려고 온양온천역으로 갔다.

'저번에 내가 예약한 것이 있는데 어디 있더라?'

원 씨는 가방을 뒤져 보았다. 나이가 들었더니 건망증이 더 심해졌나 생각했다.

"어휴~" 드디어 주머니 속에서 찾았다.

'여기에 있는 것도 모르고 계속 찾다니….'

원 씨는 급히 플랫폼으로 뛰어갔다. '얼마나 뛰었는지 땀이 나네.'

그때 마침 기차가 들어오고 있었다. 원 씨는 안도의 한숨을 쉬며 탑승했다.

원 씨는 노랗게 익으며 고개를 숙이는 벼를 보고 고향을 생각했다. 그리고 서울에 가서 손자, 손녀들의 재롱을 보면서 같이 놀 생각을 하니 벌써 마음이 설렜다.

◇

07

다시 만나는 아내

　　원 씨는 아내와의 약속 시간이 다 되어 가는 것을 보고 걱정이 되었다.

　과천을 지나 아내와 만나기로 했던 길이 서로 엇갈리고 말았던 것이다. 그것도 모르고 아내는 약속 장소에서 기다렸다. 원 씨는 아내에게 전화를 했다.

　전화를 받은 아내는 과천역 반대쪽이라고 했다. "과천역은 잘 아는데, 오늘따라 실수하는 것 같아요. 조금만 기다리세요."

이후 시간이 지나 아내와 만났고 아내는 한 달 만에 보는데 한 달이 일 년 같았다고 말했다.

원 씨는 며느리에게 전화를 했다. "며늘아기야, 여기 과천역에 왔는데 어떻게 집에 가는지 모르겠어요. 마중 나오면 힘드니까 택시 타고 갈게요. 주소를 알려 줘요."

며느리는 "아니에요. 거기에 그대로 계세요. 주변 카페에서 차라도 드시면서 기다려 주세요. 제가 갈게요."라고 했다. 원 씨는 아내에게 가까운 곳에 가서 햄버거라도 먹자고 말했다.

그러나 아내는 돈을 절약하면 좋을 것 같다고 말했다. 원 씨는 명절이니까 햄버거를 먹자며 아내를 설득하고 문이 열려 있는 롯데 햄버거 가게로 들어가 햄버거를 맛있게 먹었다.

또 지난날을 회상하며 안타까운 듯이 이야기했다.

"우리 때는 보릿고개가 있었지요. 밥도 먹기 어려워 굶어 죽지만 않아도 다행이었어요. 일제 강점기, 8·15 광복, 6·25 전쟁을 겪은 우리 세대는 꿀꿀이죽이 무엇인지 알지요. 꿀꿀이죽은 미군들이 먹다 남은 음식 쓰레기이지요. 거기에는 이쑤시개도 있었어요. 걷어 내고 다시 끓여서 먹어도 배가 아프지 않고 참 맛있었어요. 배급인 밀가루를 나누어 주면 서로 먼저 먹으려고 다투었던 시절도 있었어요."

원 씨는 아내에게 말했다.

"어머니는 집에서 닭을 많이 키웠어요. 자식들 영양을 보충하기 위해 계란을 챙겨 주셨지요. 그때는 어려운 시절이라 계란도 참으로 귀했어요. 나에게 닭장 청소를 시키셨는데 고약한 냄새 때문에 힘들었죠."

◇

원 씨의 아내는 안타까운 마음이 들었다.

한참 이런저런 이야기를 나누고 있을 때 전화벨이 울렸다.

◇

08

상봉하는 가족들

원 씨는 며느리에게 걸려 온 전화를 받았다. "여보, 조금 있으면 이곳으로 아들이랑 며늘아기가 온다고 해요." 그 말을 들은 아내는 빨리 아들과 며느리를 보고 싶어 했다.

원 씨는 롯데 햄버거 가게 앞에서 며느리를 보고 여기 있다고 손을 흔들었다.

원 씨는 아들과 며느리를 만나자 인사를 했다.

"며늘아기야, 그동안 건강하게 잘 있었어요? 우리 아들은 얼굴이 좋아 보여요."

아들과 며느리도 반갑게 인사를 했다. 아들은 "아버지, 어머니! 식사는 하셨나요? 식사하러 식당에 가시지요."라고 말했다.

원 씨와 아내는 주변 햄버거 가게에서 식사를 했으니 걱정하지 않아도 된다고 말했다.

오랜만에 가족들이 모여서 승용차 안은 화기애애했다.

◇

33

원 씨는 며느리를 불렀다. "며늘아기야, 어린아이들을 돌보느라 고생 많지?"

며느리는 생각했다. '우리 아버님, 어머님은 무슨 말씀을 하시든지 며느리 생각을 많이 하셔. 그래서 우리 집에 오셔서 쉬고 가시면 마음에 쌓인 스트레스가 풀려. 아버님께 남편이 잘못한 것을 말씀드리면 언제나 내 편이 되어 주셔! 직장 가까운 곳에 단독 주택을 마련하여 이 층에는 시부모님, 일 층에는 혼자 남으신 친정어머니를 모시고 다 같이 살고 싶어.'

며느리는 시부모님을 다정하게 불렀다.

"아버님, 어머님! 집이 아파트라서 조금 답답하실 거예요. 아버님께서는 해 뜨는 마을 농촌이 더 좋으실 것 같아요. 서울은 시골 공기와 좀 달라요."

원 씨는 괜찮다고 했다.

원 씨의 아내도 아들 집이 내 집처럼 편안한 곳이라고 하며 빙그레 웃었다.

09

아이들과 함께

한참 많은 대화를 나누다 보니 금세 집에 도착했다. 며느리가 초인종을 누르자 안에 있던 복동이가 엄마, 아빠를 외치며 반겨 줬다. 현관문을 연 아이들은 할아버지, 할머니를 보고 너무 좋아 폴짝폴짝 뛰었다.

◇

아이들은 "와! 할아버지! 할머니!"라고 외쳤다. 아이들은 너무 반가워서 할아버지와 할머니 품에 안겼다. 그리고 손자인 복동이는 할아버지 무릎에, 둘째 예숙이는 할머니 무릎에 앉았다.

이 모습을 바라보던 막내 예진이는 화가 났다. 원 씨는 씩씩거리며 화를 내는 예진이를 불렀다.

"예진이도 어서 와요. 우리 예진이는 이쪽 무릎에 앉아요."

"할아버지, 할머니! 보고 싶었어요."

원 씨는 아이들에게 얼마큼 보고 싶었냐고 물어보았다. 아이들은 힘차게 하늘만큼 땅만큼이라고 외치며 원 씨와 아내를 행복하게 만들었다.

아내는 원 씨에게 말했다.

"여보, 아이들과 오랫동안 함께 살고 싶어요."

원 씨는 손자, 손녀가 얼른 자라서 시집도 가고 장가도 가고 그래서

◇

이 아이들이 낳은 아이도 보고 싶다고 생각했다. 이런 생각을 한 원 씨는 오래 살아야겠다고 다짐을 하고 아이들과 즐겁게 놀았다.

10

서로를 아끼는 마음

    아내는 원래 내성적이어서 말이 없다. 그래서 원 씨는 어쩔 수 없이 아들과 며느리와 대화를 많이 하는 편이다. 원 씨가 아나운서 같은 차분한 목소리로 말을 하니 아들보다 며느리가 더 좋아하는 것 같았다. 며느리 사랑은 시아버지라고 하더니 원 씨는 며느리를 보는 순간 자신이 낳은 딸 같아서 며느리가 귀엽고 사랑스러웠다. 며느리가 아이를 낳아 길러도 딸처럼 보이니 이것이 시아버지의 마음 아니겠는가?

원 씨는 아들을 보니 안심이 되었다.

"우리 아들이 건강해 보여서 마음이 놓여요."

그 말을 들은 아들은 "아버지, 감사합니다. 기도해 주신 덕분에 이번 달에 부장으로 승진했어요. 앞으로는 연구원으로 일하고 싶어서 컴퓨터 공학 박사 학위를 준비하고 있어요. 그래서 유학을 가고 싶은데 여건이 좋지 않네요."라고 했다.

원 씨는 아들의 말을 듣고 너무 큰 걱정은 하지 말고 나도 기도로 돕

◇

겠다고 했다.

아들의 말에 원 씨와 아내는 안타까웠다.

'우리가 형편이 좋아서 아들이 외국에 나가 박사 학위를 받도록 도울 수만 있으면 얼마나 좋을까?'

11

사랑스러운 손자, 손녀

저녁때가 되자 며느리는 식사 준비를 했다. 며느리는 "아버님, 어머님! 진지 잡수세요."라고 하며 원 씨와 아내를 불렀다. 원 씨는 우리 때문에 고생하는 것 같다며 며느리를 걱정했다.

원 씨는 며느리를 칭찬했다.

"우리 며늘아기가 끓여 준 미역국이 참 맛있어요."

원 씨의 아내도 맛있다며 며느리의 음식 솜씨를 칭찬했다. 원 씨의 아내는 예진이에게 미역국을 떠먹여 주었다

예진이는 반찬인 꼬치를 손으로 들어 올렸다. 입에는 밥풀이 묻은 채로 장조림을 가리켰다. 원 씨는 며느리를 다정하게 불렀다. "며늘아 기야! 가위가 필요해요. 예진이가 장조림을 달라고 해요."

며느리가 가위를 주자 원 씨는 장조림을 잘게 잘라서 예진이에게 주었다. 원 씨와 아내는 손자, 손녀가 너무 귀여웠다.

"우리 복동이가 혼자 장조림 먹는 것 좀 보세요. 귀엽지요?"

"우리 예진이, 예숙이도 잘 먹어요."

◇

할아버지, 할머니의 칭찬에 손주들은 재롱을 부리며 예쁜 짓을 했다. 예진이는 "할아버지, 장조림 하나 더 주세요."라고 했다.

며느리는 아이들을 칭찬했다.

"아버님, 어머님! 우리 아이들이 어린이집에 다닌 후로 더 똑똑해졌어요. 하나를 배우고 오면 두 개를 해요."

이 말을 들은 원 씨는 사랑스러운 눈빛으로 아이들을 바라봤다.

"어린이집에서 무얼 배웠는지 보고 싶구나!"

원 씨의 아내는 워낙 말이 없기에 원 씨는 분위기를 살리려고 말을 많이 했다. 그래서 아이들은 다정하다고 느끼는 할아버지를 더 좋아했다.

며느리는 아이들이 철없는 행동을 하지는 않을까 걱정했지만 내색하지 않았다.

그래도 원 씨와 아내는 오래도록 이곳에서 함께하고 싶어 했다.

◇

12

놀이공원

원 씨와 가족들은 함께 과천에 있는 놀이공원에 갔다.
차를 타고 가는 동안 아이들은 지나가는 버스와 택시, 트럭을 신기하
게 보면서 함성을 질렀다.

◇

예진이는 아빠를 부르며 한 곳을 가리켰다.

"아빠! 저기 보세요!"

이때 며느리가 예진이에게 주의를 시켰다.

"복동이와 예숙이, 예진이는 잘 들어요. 아빠는 운전 중이라 위험하니 말을 걸면 안 돼요."

아이들은 차창 너머로 트럭이 쌩쌩, 버스가 획획 지나가고 멀리서 전철이 달리는 모습을 보고 눈을 떼지 못했다. 높은 아파트와 건물을 지나 놀이공원에 도착했다.

◇

13

자전거 타기

　　과천 놀이공원에는 사람이 너무 많이 있었다. 며느리는 "아버님, 어머님! 사람이 많으니까 조심히 따라오세요."라고 했다. 놀이공원에 사람이 많아 걱정된 며느리는 아이들에게도 길을 잃어버리지 않도록 할아버지와 할머니의 손을 꼭 잡고 오라며 이야기했다. 복동이와 예숙이는 불안했는지 할아버지와 할머니의 손을 꼭 잡았다.

자전거 타는 곳에 도착했다. 막내 예진이는 아빠 엄마와 함께 자전거를 탔다.

원 씨는 복동이와 예숙이 두 아이를 안심시켰다.

"걱정하지 말아요. 우리가 지켜 줄게요. 알았죠? 우리 복동이는 할아버지 옆에 앉고 우리 예숙이는 할머니 옆에 앉으면 돼요."

복동이와 예숙이는 무서워서 할아버지, 할머니를 불렀다.

"할아버지, 할머니! 가슴이 떨려요. 아래를 보니 사람들이 지나가요. 어휴~"

원 씨는 다시 아이들을 안심시켰다.

"걱정하지 말아요. 우리가 지켜 줄게요."

한 바퀴를 돌고 다시 출발 지점으로 돌아왔을 때, 아이들은 한숨을 내쉬었다. 아이들은 가슴이 떨렸다.

"할아버지, 할머니! 도착했어요. 무섭지만 재미있었어요. 아래에 사람들이 걸어 다니는 모습을 보는데 어지러웠어요."

◇

원 씨와 아내는 두 아이를 바라보며 흐뭇하게 웃었다.

아빠, 엄마와 함께 자전거를 탄 예진이도 출발 지점으로 돌아왔다.

막내인 예진이는 무서워서 엄마 품에 안겨 자전거에서 내렸다.

(14)

다시 떠나는 남편

서울 아들 집에서 추석을 보내고 원 씨와 아내는 과천에 있는 집으로 돌아왔다.

원 씨와 그의 아내는 아침 운동을 하러 공원에 가서 서로의 손을 잡고 천천히 걸었다. 아내는 부끄러운 마음이 들었지만, 함께하는 시간이 오랜만이었기 때문에 은근히 좋아했다.

원 씨는 아내를 보며 말했다.

"이 세상에서 제일 귀한 것이 당신이에요. 세월이 지날수록 당신의 소중함을 알아가요. 우리 함께 천천히 걸어가요."

하지만 아내는 무릎을 어루만지며 힘들어했다. 원 씨는 힘만 있었다면 아내를 업어 주고 싶었다. 그렇지만 세월이 지날수록 힘이 점점 없어져 갔다.

원 씨는 무릎 수술을 한 아내가 안타까웠다. 원 씨는 아내의 무릎 마사지를 해 주었다. 백발이 된 아내는 다리가 뻣뻣하여 집에서도 의자를 놓고 앉아야 했다.

◇

그는 자신 때문에 늙은 아내의 눈치를 보며 조심스럽게 말을 꺼냈다.

"여보, 미안해요."

아내는 무슨 일인지 궁금했다. "네? 무슨 말이에요?"

"일이 많이 밀려서 해 뜨는 마을에 가야 해요. 수확하는 계절이라 무척 바빠요. 가을이기 때문에 일손이 부족해요. 빨리 돌아올게요."

◇

15

가자, 우리의 고향 해 뜨는 마을로

고향으로

고향 가는 길은 즐거웠네.

무거운 짐 서로 들어 주며 물 한 모금 나눠 마시는 여행길.

그 이웃사촌의 고마움이 묻어 있는 곳이 고향 가는 길이더라.

◇

그 따스한 마음 담고 기차는 밤길을 달리며 고향으로 향하네.

나를 기다려 주는 그곳에서는 무엇을 하고 있을까?

그 사랑이 무엇이기에 내 심장이 용광로처럼 타오르는가?

가자, 가자, 구수한 된장국 향기가 있는 토담집으로 가자.

이 시간 당신의 곁으로….

원 씨는 온양으로 가는 기차를 탔다. 병든 아내를 두고 떠나는 발걸음은 무거웠지만, 한편으로는 고향으로 가기 때문에 마음이 즐거웠다.

이곳은 버스가 오지 않는 산골이다. 산새 소리, 들새 소리가 벗이 되어 살아가는 곳이다.

원 씨는 드디어 온양에 도착하여 음봉에 가는 버스에 탑승했다. 버스에서 내려서도 마을까지 천천히 걸으면 30분에서 40분이 걸린다. 누렇게 익어 가고 있는 벼들은 황금빛 옷을 입고 춤을 추는 것 같았다. 산새들은 벼 이삭을 먹으려고 했는데 농부들이 설치해 놓은 허수아비에 놀라서 다른 쪽으로 도망을 갔다. 산새들은 다시 날아와 벼 이삭을 탐냈다.

◇

지금 날아가는 산새들처럼 날고 싶어라. 길가에 있는 돌들이 진주처럼 보였다. 오! 이런 아름다운 세상이 있다니! 반짝이는 햇빛은 온 세상을 희망으로 비추는 것 같았다.

이제는 조금만 걸어도 숨이 차는 원 씨이지만 건강을 위해서 매일 조금씩 산책을 했다.

◇

· 밭에서 일하고 있는 삼돌이 아버지

· 나팔을 불고 있는 원 씨

◇

16

사회적 기업 행사 준비

윤 총무는 동산으로 돌아간 후에도 쉴 수가 없었다. 내일 있는 행사 준비를 하느라 많이 바쁘기 때문이었다. 물품을 준비하며 목록을 하나씩 꼼꼼히 작성했다. 오색 국수, 오색 떡국떡, 간식거리인 팥 도넛 그리고 꽈배기까지. 무엇이 빠졌나 살펴보았다. 그렇게 일하다 보니 새벽 3시가 되었다.

'지금 잠을 자야 내일 일을 잘할 수 있어.'

윤 총무는 아침에 일어나 또 빠진 것이 없는지 살펴봤다. 그리고 우리 조합의 소원은 좋은 소문이 나는 조합이 되는 것이라고 생각했다.

윤 총무는 다시 물건을 살펴보고 준비했다.

이른 아침, 정 이장은 트럭에 물품들을 빠짐없이 실었다.

정 이장은 윤 총무에게 전화를 걸었다. 윤 총무는 안심하라고 했다.

"예, 물건들은 빠짐없이 다 실었어요. 그곳은 천안이에요. 얼른 먼저 떠나세요. 다른 부스보다 먼저 도착해야 할 것 같아요."

◇

생산부의 정 이장과 사무팀 팀장, 강철수 아저씨가 먼저 출발했다. 그리고 그 뒤를 이어 황 원장과 다른 식구들도 출발했다.

황 원장은 이삭 청년을 불렀다.

"이삭 님, 날씨가 쾌청해서 좋네요. 무언가 열리는 것 같아요. 그런데 일기 예보는 비가 온다고 해서 걱정이 되네요. 이러한 행사는 큰 행사라서 신경이 쓰이네요. 우리 풍성한 영농조합이 사회적 기업으로 유명해졌으면 좋겠어요."

◇

17

황 원장과 윤 총무

오늘 일정을 마친 황 원장은 여러 가지 생각을 했다. 식구들 한 사람 한 사람을 바라보니 고생만 하게 만든 것 같아서 미안한 마음이 들었다. 요셉 청년은 식구들을 깨웠다.

"해 뜨는 마을이에요! 어서 내리세요."

윤 총무는 황 원장을 불렀다.

"원장님, 오늘은 너무 피곤하니 내일 새벽 일찍 준비하는 것이 좋지 않을까요?"

이 말에 황 원장은 고민이 되었다.

"내일 업무에 차질이 생길까 염려가 되네요."

윤 총무는 황 원장에게 정 이장과 든든한 청년들이 있으니 안심하라며 새벽에 준비하자고 했다.

◇

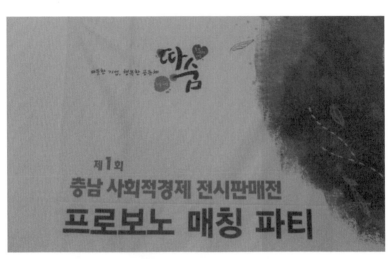

· 프로보노 매칭 파티

18

준비와 위로

삼총사는 이른 새벽에 일어났다. 요셉 청년은 잠이 부족했는지 표정이 아주 어두웠다.

"우리 삼손 요셉이~ 여기 국수 상자요. 이것은 오색 떡국떡이고 한과는 간식거리로 좋을 것 같아요. 다른 제품이 빠졌나 확인합시다."

하지만 비가 내려서 요셉 청년은 걱정을 하고 있었다. 황 원장은 식

◇

구들을 위로했다.

"너무 낙심하지 말아요. 비가 올 때도 있고, 눈보라가 치는 날도 있어요. 이곳에서 자리를 잘 지키고 있다 보면, 좋은 날도 오지 않을까요? 또 다른 부스에 도울 일이 있다면 참 좋겠어요. 다른 부스도 우리 마음과 같을 거예요. 우리 인생의 바다도 파도가 칠 때도 있잖아요. 하루하루 최선을 다하면 희망을 나타내는 우리가 되지 않을까요?"

황 원장은 점심때가 되어 간단한 식사를 준비했다. 황 원장은 따뜻한 물을 준비해 사발면에 차례대로 부었다. 그리고 요셉 청년을 불러 함께 힘내자고 말했다.

안타깝게도 종일 비가 내렸다.

드디어 문을 닫는 시간이 되었다. 윤 총무는 마음이 착잡했다.

'비가 하루만 참았다가 내리면 좋을 텐데⋯.'

왜냐하면 며칠 밤을 새우며 준비를 했지만 성과가 높지 않았던 것이다. 그리고 행사장에 비까지 내렸으니 낙심할 수밖에 없는 상황이었다.

요셉 청년은 걱정이 태산 같았다. "오늘도 비가 내리네요."

정 이장은 낙심하고 있는 식구들을 위로했다.

"전해져 오는 이야기가 있어요. 어떤 어머니에게 두 아들이 있었어요. 한 아들은 나막신 장사를 했어요. 또 한 아들은 짚신 장사를 했어요. 어머니는 비 오는 날은 짚신 장사를 하는 아들을 걱정했구요. 또 햇볕이 쨍쨍한 날은 나막신을 파는 아들을 걱정했어요. 이렇듯 우리 걱정은 늘 있어요. 우리 힘을 냅시다."

◇

정 이장은 식구들에게 인내하며 한마음으로 일하면 좋은 날도 올 것이라고 위로를 했다.

· 아산 풍성한 영농조합 신축 건물 떡 공장 건축

◇

(19)

양로원 위로 공연

즐거운 마을은 박화용 목사님과 노기화 원장님의 밀알로 탄생했다.

두 번째 원장님은 박화용 목사님의 따님인 박선희 원장님이다. 박선희 원장님은 부모님의 따뜻한 마음을 닮았다. 양로원의 어르신들을 내 부모님처럼 생각하는 박선희 원장님과 다른 선생님들의 마음이 하나가 되어 지금의 즐거운 마을이 되었다.

· 즐거운 마을 노기화 원장님과 가족들

◇

62

그분들의 섬김은 한 알의 밀알이 되어 많은 곡식을 추수하게 했다. 또 그 밀알은 할아버지, 할머니들이 영원히 기쁜 마음으로 살아가는 고향 집이 되었다.

칠칠이는 즐거운 마을에 공연팀을 초청하기 위해 전화를 했다. 그 공연팀은 양로원을 다니며 무료로 공연 봉사를 했다. 칠칠이는 직접 스케줄을 짜고 섭외를 했다.

· 즐거운 마을 가족들 위로 공연

이렇게 일이 착착 진행되어 삼일절로 공연 날짜가 확정되었다. 서울에서 청주로 가기 위해 일찍 출발을 했으나 삼일절이라 차가 많이 막혔다.

김 선생은 박 선생을 불렀다.

"박 선생, 우리 여기서 함께 살면서 노후를 보내면 어떻겠어? 백발이 되어도 지금처럼 공연하면서 살면 얼마나 좋을까? 다음에 이곳에 또 오고 싶어."

◇

20

노기화 원장님의 일생

　　노기화 원장님의 어머니는 태몽을 꾸었다. "기화야, 네가 태어나기 전에 남다른 꿈을 꾸었어. 네가 앞으로 훌륭한 사람이 된다는 태몽 같아."

　　하지만 그는 참으로 병약했다. 학교에 다닐 때는 많이 아팠기 때문에 공부를 제대로 할 수 없었다. 그는 학교에 다니면서 크면 의사가 되어 아픈 사람들을 고쳐 주겠다고 생각했다.

　　지금 쓰는 글은 실화에 바탕을 둔 이야기이다. 노기화 원장님은 <극동방송>에 출연해 본인의 삶을 이야기했다. 노기화 원장님을 통해 하나님께서 역사하셔서 많은 사람이 치료를 받았다. 그리고 노기화 원장님은 불철주야 대한민국이 부강한 나라가 되도록 기도하셨다.

　　노기화 원장님은 차기 대통령이 누가 될지도 어느 정도 예측했다. 그분의 예측은 거의 90%가 이루어졌다.

　　노기화 원장님은 꽃다운 어린 나이에 시집을 가니 두려웠다. 하지

◇

만 시집을 간 첫날부터 시아버지는 며느리를 사랑해 주었다.

"며늘아기야, 네가 가문을 빛내 주어라. 우리 며느리가 들어와서 우리 가문이 잘되면 얼마나 좋겠니?"

시아버지는 나름대로 여유가 있었기 때문에 가난한 사람들을 많이 돌보아 주었다. 시어머니는 가난한 사람들이 씻을 물을 준비하느라 날마다 아궁이에 불을 피워 가마솥에 물을 끓여야 했다. 평생을 이렇게 살아온 시어머니와 식구들은 그래서인지 함께하는 것을 어려워했었다. 시아버지는 가난한 사람들을 사랑방으로 모았다. 그리고 인간이 살아가는 도리를 가르쳐 주었다.

"사람은 근면 성실하게 살아가야 합니다. 보릿고개를 넘기기 어려워도 부지런해야 합니다."

자상한 시아버지는 가난한 사람들에게 사람답게 사는 방법을 가르쳐 주었다.

노기화 원장님은 무료 양로원을 운영하며 가난하고 배고픈 노인들을 돌보았다. 즐거운 양로원은 소중한 곳이며 영혼의 안식처이다. 이곳은 선생님들의 따뜻한 미소와 돌봄으로 인하여 내 집과 같은 곳이다.

노기화 원장님은 평생을 청렴하게 살았다. 자신이 가지고 있는 모든 것을 헐벗은 사람들을 위해 바쳐 왔다. 노기화 원장님은 아무것도 가진 것이 없기 때문에 오직 하늘의 은총으로 살아가고 있다. 그리고 날마다 하나님께 기도하며 살아간다. "병든 자, 가난한 자 없게 하소

◇

서, 하나님! 사람들이 사람답게 살게 하소서."

　노기화 원장님은 수많은 사람이 행복하게 살아가길 갈망하고 상처 입은 사람들을 어머니의 마음으로 안았다. 하지만 항상 부족함을 느낀다. 또한, 하나님의 사랑이 없으면 살 수 없다는 것을 항상 고백한다.

◇

21

즐거운 마을

우리의 안식처, 영원한 고향 집이구나.

선생님들의 반가운 목소리는 벚꽃과 같구나.

그 반가운 목소리는 벚꽃의 향기와 같구나.

즐거운 우리 마을은 그 향기 가득하여 에덴동산이로다.

선생님의 손을 잡고 사뿐사뿐 걸어가는 당신의 모습은 살구꽃.

아아~ 일지를 쓰는 손이 멈춰 서 있네.

고운 임 생각에 샛별이 떠오르게 불이 켜져 있어 애가 타는구나!

저 멀리 동녘 하늘은 붉게 타오르고 살구꽃은 봄비처럼 내리네.

그 꽃의 향기는 봄비를 담은 구름과 같구나!

그토록 기다렸던 당신의 사랑이 여기에 있어라.

얼쑤~ 좋다! 우리의 사랑가는 즐거운 마을에 울려 퍼지네.

◇

22

악기 연습

뻐꾸기와 산새가 이곳저곳 날아가는 여기는 어디일까? 이곳은 벚꽃의 향취를 전해 주는 것 같다. 아이들은 재잘거리며 언덕 위를 올라왔다. 소현이는 엄마의 눈치를 보며 말했다.

"오늘 음악 연습이 있는 날이에요."

엄마는 소현이에게 말했다.

"이제는 알아서 음악 연습을 해야 해요. 나이가 어려도 자기의 일을 스스로 하는 방법을 알아야 해요. 우리 소현이가 하프를 켤 때 예쁜 나비처럼 연주하면 얼마나 좋을까요?"

소현이는 엄마를 안심시켰다.

"걱정하지 마세요. 열심히 할게요."

언니 예슬이는 먼저 와서 피아노를 연습하고 있었다. 장 선생님은 예슬이를 불러 "오늘 연습할 곡은 「나비」예요, 예슬아! 오늘 어떤 나비가 나올까요? 멋진 나비가 나오는지 한번 연주해 보세요."

◇

68

　장 선생님 말씀에 예슬이는 신이 나서 피아노를 쳤다.

　이후 어른들 연습이 시작됐다. 먼저 하프에 대한 이론을 공부하는
데 옆에서 듣고 있던 칠칠이는 마라카스를 연습했다. 하지만 이해가
되지 않았다. "4박자가 사과 반쪽 아니야? 사과 두 쪽인가?" 생각이 나
지 않았다.

　장 선생님의 피아노 반주에도 잘 따라 하지 못했다. 장 선생님은 나
이 든 학생들에게 쉽게 설명하려고 애를 썼다.

　"지금까지 음악 이론을 공부했어요. 이제 쉬운 노래를 가르쳐 줄 거
예요. 이 가사에 하프를 켜면 됩니다. 알았죠?"

　장 선생님은 나이 든 학생들에게 노래를 부르자고 했다. "조개껍질
묶어 그녀의 목에 걸고~ 밤새 속삭이네. 하나, 둘, 셋, 넷." 동규는 알아
들을 수 없었다. 하지만 동규는 미소를 지으면서 사람들을 바라보았다.

◇

장 선생님의 박자를 들으며 나이 든 학생들은 하프를 켰다. 산새들도 날아와 노래를 불렀다. 밖에는 벚꽃이 흐드러지게 피어 향기가 날리고 있었다.

· 벚꽃 나무 그늘에서 음악을 연주하는 이이들

㉓
벚나무 그늘에서 노는 아이들

음악 연습을 마친 아이들은 벚꽃 향기를 맡으며 이야기를 했다.

소현이는 말했다.

"오늘 「나비」를 연주하는데 갑자기 생각이 나지 않았어. 생각만 났으면 더 멋진 곡이 될 수 있었을 텐데…. 여행을 갔다 오느라고 연습을 많이 하지 못했어."

언니 예슬이도 "연습을 많이 했으면 멋진 「나비」를 연주를 할 수 있었을 텐데…."라고 하며 아쉬워했다.

아이들은 술래잡기를 하며 재미있게 놀았다. 소현이는 "언니! 나 잡아 봐라~"라고 하면서 도망을 갔다. 예슬이도 소현이를 잡으려고 쫓아갔다.

현우는 벚꽃을 주워 흩날렸다. 소현이는 예슬이를 불러 눈꽃이 내리는 것처럼 보인다며 좋아했다. 소현이와 예슬이는 벚꽃을 서로에게

◇

뿌려 줬다.

소현이는 예슬이를 불렀다.

"선생님께 벚꽃을 갖다 드리면 좋아하실 것 같아."

"아니야! 지금은 음악 연습을 하셔서 안 될 것 같아!"

음악 연습실에서 노랫소리가 들렸다. 소현이와 예슬이는 노랫소리를 듣고 같이 따라 불렀다.

조개껍질 묶어 그녀의 목에 걸고~ 밤새 속삭이네. 랄랄랄라~

◇

24

남편의 속마음

정 이장은 아내를 바라보며 뜬눈으로 밤을 지새웠다. 잠
자는 척을 해도 마음이 짠했다. 아무것도 해 주지 못하는 자신이 미웠
다. 무슨 일이 있었던 걸까? 정 이장의 아내 사라는 엄지손가락의 고
통이 밤새도록 지속되어 울고 있었다.

아침이 되자 아내는 남편을 애처로이 불렀다. 아내는 "사무엘 아빠,
엄지손가락의 통증이 너무 심해요. 이 손가락이 움직이지 않아요. 이
제는 일을 하지 못할 것 같아요."라고 하며 울먹였다.

정 이장은 안타까운 마음에 아내의 엄지손가락을 살펴보았다.

"여보! 우리 원장님께서 소개해 준 정형외과에 가 봅시다."

아내는 겁먹은 표정으로 말했다.

"저번에 병원에 갔을 때 입원하라고 했어요."

손가락 통증이 마치 못으로 찌르는 것 같다며 사라는 아파했다.

한 시간 후에 승합차가 왔다. 정 이장은 아내에게 미안하다고 하며
아내의 눈치를 보았다.

◇

"여보, 내가 바빠서 늦었어요. 미안해요."

병원에 가는 중에도 아내는 엄지손가락이 너무 아프다고 어린아이처럼 훌쩍훌쩍 울었다. 운전을 하는 정 이장에게 전화가 왔다. 지금 고객이 주문한 떡과 먹거리를 택배로 보내야 한다는 내용이었다. 정 이장은 운전 중이니 나중에 통화하자며 전화를 끊었다.

25

아내의 병원 치료

       1분이 1시간처럼 느껴지던 순간 병원에 도착했다. 병원에서 순서를 기다리는 시간이 꽤 지루했다. 초조하게 기다린 끝에 간호사가 아내를 호명했다.

정 이장과 아내는 진찰실에 들어갔다.

"어디가 아파서 오셨어요?"

정 이장의 아내 사라는 아픈 엄지손가락을 의사에게 보여 줬다. 통증이 너무 심해서 이전에 다른 병원도 가 보았지만, 그 병원에서는 입원하는 것이 좋을 것 같다고 했다며 울먹였다.

의사는 엄지손가락을 자세히 살펴보았다. 그리고 입원하라고 했던 병원은 환자 걱정을 하지 않았다며 엄지손가락은 간단한 수술을 하면 충분히 괜찮아진다고 말했다.

간호사는 대기실에 있던 사라를 호명했다. 사라는 긴장하며 기다리고 있다가 놀란 토끼 눈을 했다. 간단한 수술이었지만 부분 마취를 하면서 통증을 느껴 사라의 긴장감은 더 커지고 있었다. 정 이장은 안타

◇

깝게 생각하며 아내를 바라보았다.

그리고 아내 사라에게 집에서 아무 일도 하지 말고 쉬라고 했다. "당신, 아무 걱정하지 말아요. 내가 당분간 빨래도 하고 집 청소도 할 게요. 집에 가는 길에 괜찮다면 갈비탕을 먹읍시다."

정 이장은 잠깐 쉬는 시간에 아내에게 문자를 보냈다.

"일은 내가 대신하니까 잘 쉬어야 해요. 엄지손가락 수술을 했으니 움직이면 안 돼요. 그리고 집안일을 하면 절대 안 돼요. 그동안 나 때 문에 고생이 참 많았어요. 그동안 고마웠어요. 앞으로는 당신과 함께 시간을 더 많이 보낼게요. 영원히 사랑하는 남편이."

사라는 통증 때문에 심하게 울던 중에 남편의 문자를 보았다.

"어머! 세상에 이런 일도 있구나. 평소에는 바쁘다고 무뚝뚝하고 설 거지도 하지 않더니 이런 문자를 보내는 걸 보니 감동이네."

26

사랑의 집수리

황 원장은 안타까운 사연을 듣게 되었다. 어느 날 전화가 왔는데 해 뜨는 마을에 농사지으러 온 사람이었다. 그는 중국 조선족 사람이었다.

집에 곰팡이가 생겨 수리를 해야 하니 도와 달라는 내용이었다. 그리하여 토요일, 해 뜨는 마을 식구들은 이 씨의 집에 가서 수리를 해 주게 되었다.

집 안엔 곰팡이가 나고 보일러는 고장이 났다. 장마철에 수리를 한다는 것은 어려웠다. 이제는 마무리가 되어 간다.

우리는 서로 도우며 함께하는 한 지붕 한 가족이었다.

정 씨는 벽지를 자르고 치수를 재어 가며 원 씨와 함께 일하고 있었다. 칠칠이는 수건을 차갑게 만들어 식구들이 일하고 있는 곳으로 갔다.

그는 "원 씨, 수건에 얼음물을 축여 가지고 왔어요. 시원하게 일하세요." 하고 목에 걸쳐 주었다.

◇

칠칠이는 냉동고에서 얼린 물 한 병을 가져다가 수건에 뿌려 주었다. 정 씨는 시원한 물을 머리에 뿌리고 마시며, 더위를 식혔다.

폭염 속에 풍성한 영농조합 식구들은 뜨거운 태양을 사랑으로 견디어 냈다.

그들은 함께 벽지를 붙였다. 기술자인 정 씨와 원 씨는 몰타 작업을 하였으며 보일러도 깔아 주었다.

원 씨는 식구들을 바라보며 걱정한다.

"지금은 날씨가 너무 뜨거워서 걱정이에요. 뜨거운 날씨에 하루 종일 작업을 하니 더위를 먹는 것 같았어요."

이러한 상황이 이 씨는 안타까웠다.

이 씨는 황 원장에게 차가운 수박을 건넨다.

"원장님, 여기 차가운 수박 있어요."

천장에서 선풍기가 윙윙 돌아가며 더위를 식혀 주었지만, 사막과 같은 폭염이니 시원치 않았다.

중국에서 온 이 씨는 미안한 마음이 들었다. 자기 일처럼 돕는 식구들에게 저녁 식사를 대접하고 싶은 마음이 생겼다. 집수리를 한 식구들에게 식사를 하러 가자고 하였다.

황 원장과 식구들은 함께 차를 타고 식사하러 떠났다.

식당에 도착한 그들은 무제한 삼겹살을 주문하였다.

◇

부록
◇

그리움의 향기

해 뜨는 마을 풍년가

이영하 작사

장백희 작곡

봄바람 싹 틔워 대지와 손을 마주 잡고 하늘 노래 부르네.

버들잎눈 틔워 밤이 지나도록 단장하네.

내 사랑하는 임은 엔게디 포도원 같구나.

알알이 맺힌 포도송이는 임의 향기 같구나.

봄바람은 아직도 차가운데 삼채를 심는

우리의 얼굴에는 미소가 가득하네! 얼쑤~

구슬땀 뚝뚝 논밭에 떨어질 때마다 풍성한 열매라네.

얼쑤~ 좋다!

우리 손을 마주 잡고 춤을 춰 보세.

에헤야~ 데헤야~ 지화자 좋다~!

봄바람은 아직도 차가운데 삼채를 심는

우리의 얼굴에는 미소가 가득하네! 얼쑤~

구슬땀 뚝뚝 논밭에 떨어질 때다 풍성한 열매라네.

얼쑤~ 좋다!

◇

우리 사랑하는 임은 언제 오시려나.

당신을 사모하며 구슬땀 흘리네.

우리는 한 걸음, 한 걸음 걸어가네.

천 리 길부터 한 걸음부터 에헤야~ 데헤야~ 지화자, 좋다!

얼쑤~ 얼쑤~ 우리 손을 마주 잡고 춤을 춰 보세.

◇

새벽이슬과 당신

살아갈수록 당신을 향한 섭섭한 마음
많았습니다.
우리는 칫솔 놓는 자리도 서로 다투며 아옹다옹
살았습니다.

그 세월의 빈 자리에 이끼만 끼고 무관심을
가질 때가 많았구나!
지금 병상에 누워 있는 당신을 보니 아무것도 해 줄 수가
없는 나의 무능함이 슬펐습니다.

늘 사모하는 임은 함께 사셨습니다.
지금까지 함께하였던 당신이시여,
그리움의 한 자락에 실바람 타고 오십니까?
우리 남은 세월 백년초처럼 살아갑시다.
새벽이슬과 같은 당신이시여, 오소서.
지금 오소서.

◇

우리 어머니

어머니는 자식들이 굶주릴까 봐 잠을 이루지
못하셨습니다.
어머니는 쌀독에서 바가지 긁는 소리가 나면 한없이
울었습니다.

어머니께서는 산과 들에 나가 쑥과 나물을 뜯어
쌀죽을 끓여 먹이셨습니다.
그 사정을 모르는 우리는 배고프다고 철없이
울었습니다.
그냥 우리는 이 산 저 산 뛰어다니며 아이들과 함께
놀았습니다.
지금 고생만 하셨던 어머니를 생각하면 마음이 짠합니다.
다시 사셔서 이곳에 오신다면 다하지 못한 사랑을 드리고
싶습니다.

지금 다시 오신다면 가슴 터지도록 어머니를 부르리라.
그 어린 시절처럼 당신의 무릎에 앉아 별들을 세어 보며
매일 들었던 옛날이야기를 다시 듣고 싶습니다.

◇

어머니의 사랑

눈이 내리는 산골짜기에 갈 곳이 없는
어머니는 얼어붙은 땅에서
해산하였습니다.

마지막 남은 옷으로 갓난아기를 덮으며
가슴으로 생명을 불어넣은
어머니이시여!
이 시간에 하늘나라에서 못난 자식을 지켜보고
있습니다.
그 어머니를 기억하며
저도 당신께서 묻히신 곳에
옷을 하나하나 벗어 덮어 드리오니
그곳에서 환히 웃으소서.

하늘나라 가서 어머니 가슴에 안길 때까지
아낌없이 주는 나무가 되리다.
당신의 뜻이 못난 자식을 통해서 이루어질 때까지
살아 드리겠습니다.

◇

언제나 매화의 향기처럼 보고 싶은 어머니시여!

그 이름 부르고 싶어 애가 탑니다.

어머니, 어머니.

◇

오늘은 좋은 날

오늘은 좋은 날, 당신을 만났네.

새벽이슬이 맺힐 때까지 끊임없이 이야기를 하였네.

샛별이 다하도록 함께하였네.

당신은 달콤한 사과, 포도주의 향취와 같았네.

오늘은 좋은 날이네!

당신을 만났으니 내 가슴은 뛰는구나!

종달새 지저귀는 소리는 당신이 부르는 소리와 같네.

그대의 가슴에 기대어 새콤달콤한 이야기를 하니 행운이었네.

당신은 나의 포도주, 그 향취 속에 잠겨 있네.

오늘은 참 좋은 날이로다.

오늘과 같게 하소서 (결혼식 축시)

새 출발을 하는 신랑, 신부에게
하늘의 은총이 함께하소서.

비 내리는 잔디 위에 한 송이
백합화가 피어나는 것처럼
늘 사랑이 넘치는 신랑, 신부가 되게 하소서.
당신께서 오늘 결혼식을 하는
신랑, 신부에게 영원한 평안과 은총으로 함께하소서.
지금 하늘에서 축복의 단비가 내리는 것처럼
항상 서로를 축복해 주며 격려해 주게 하소서.

◇

전동차 키

오늘도 전동차 키를 찾았네.
어디에 있을까? 마음이 답답해지네.
세월에 따라 전동차는 녹슬어 가고 주름이 패는구나.

지금 하늘을 바라보니 안타까운 마음 구름처럼 흘러가네.
저녁놀에 나의 마음도 애타게 물들어 가고 산새들도
서럽게 우는구나.
전동차 키를 찾다가 당신이 생각났네.

그대 떠난 세월은 잘려져 나간 나무 밑동과 같구나.
훌쩍 떠난 버린 세월의 시계추는 멈추어 버렸네.

전동차 키는 잃어버려도 잊지 말아야 할 것이 있었네.
바로 당신이었네.

◇

산새들의 봄맞이

삼월의 바람은 차가워 외투를 입게 하네.

산새들은 창가에 걸터앉아 떨어지지 않으려고 애쓰네.

그들을 시샘하는 꽃샘추위는 산새들을 밀어내는구나!

아침 햇살이 그리워 창가에 앉아 있는가?

그들은 그렇게도 따스한 바람이 그리웠던가?

누구를 기다리고 있는가?

아아, 창가에 앉아 지저귀는 소리는 나의 맘을 노크하는

그대였구나!

그대는 그렇게 사모하여 이른 아침에 이곳에 오셨도다.

◇

산골의 향취

경운기로 밭을 갈아 땅을 뒤엎으니
옥토가 되어 가네.
밭에서 돌을 하나하나 주워 내는 우리의 마음은
하늘과 하나가 되네.

비료를 뿌리며 걸어가는 우리의 마음은 파릇파릇
돋아나는 풀잎과 같네.
지금 철새들은 산등성이에 오르며 봄바람 싫다고 날아가네.

저녁 밥상에 나물과 상추를 비벼 먹으니 임의 생각 간절하네.
지금 임은 산들바람 타고 이곳에 오실까?
나의 임이시여! 이 시간에 그대의 이름을 애타게 부르네.
언제, 언제 오시렵니까?

◇

당신이 참 좋아요

산새들은 산이 좋아 산에서 살고
가시 물고기는 강물이 좋아 강물에 살지요.
산새들은 매일 바라보는 산이 좋아 끝없이 노래하고
물고기는 강물이 좋아 헤엄치며 살아가지요.
그렇게 좋아하는 모습을 보니 당신이 생각납니다.

당신이 너무 좋아 창가에서 서성이고 있습니다.

오늘은 그대께서 오실 것만 같아 신혼여행을 가는 것 같습니다.

◇

산골의 빗소리

산골에도 비가 내립니다.
뻥 뚫린 비닐하우스에도 빗물이
흘러 들어갑니다.
4월의 빗소리는 농부들의 마음을 설레게 합니다.

그 빗소리는 당신과 같아서 창문을 닫았습니다.
당신을 잊어버리려고 해도 그 목소리가 들립니다.
가냘픈 빗줄기는 당신의 마음과 같아서 쉬지 않고
내립니다.
메마른 대지는 촉촉이 적셔지고 당신만을
고대하고 있네요.
내 가슴속에서 밀어내어도 다시 들리는 그 음성은
나의 첫사랑 그대입니다.

◇

우리의 산골

꽃샘바람 견디며 벚꽃은 새하얗게 옷을 입었다.
꽃들도 시샘하여 앞다투어 단장한다.
산새들도 나뭇가지에 앉아 짝짓기를 하며
누군가를 부른다.

산새들은
이루지 못한 사랑을 이루고 싶어
애처롭게 부른다.
이 시간 당신을 다시 만날 것 같아
애처롭게 그 이름 부릅니다.

러키세븐 당신이여

당신께서는 앙상한 나뭇가지처럼 야위어 갔습니다.
의사가 치료할 수 없는 병이었습니다.
그동안 비워 놓은 그 자리가 이렇게 큰 줄은
몰랐습니다.

우리의 만남은 그대가 옆에만 있어도 좋았습니다.
다시 볼 수 없는 임이시여! 당신만 있으면 됩니다.
당신은 나의 러키세븐 행운입니다.

다시 떠나보내야 하는 이 마음은 어찌할 수 없어
먼 산을 바라봅니다.

◇

러키세븐 당신이여 2

우리는 세월이 지나감에 따라 타다 남은 모닥불과
같았네.
당신께서 계셨던 자리 지금 내 마음에 놓겠습니다.
당신이라는 그 이름은 영원한 러키세븐 행운입니다.
떠나가시는 임께 이렇게 고백하고 싶습니다.

감사해요. 그동안 고마웠어요.
당신만을 고대하겠습니다.
다시 훨훨 타오른 모닥불이 되어
언제나 당신과 함께 살겠습니다.

◇

사랑은 연주

아름다운 악기들의 소리 내 마음에 울려 퍼지네.

우리는 피아노, 플루트를 연주하며 한 박자, 한 박자

귀를 기울이네.

그 악기들은 내 마음에 있어 당신만을 노래하고 있네.

사랑이 무엇이냐고 한다면 연주가 아닌가?

내 생각 다 버리고 당신만을 연주하는 것이 사랑이

아닌가?

때로는 장미꽃처럼 거친 들판에서도

그대만을 연주하는 것이 사랑이 아닌가?

때로는 한 박자 서투르게 연주하여도 당신만이

있기에 내가 있지 않은가?

세상은 쇼팽과 같은 위대한 연주를 원하지만,

이 시간 당신을 풋풋한 사랑으로 연주하고 싶네.

◇

참으로 행복한 사람

강남에 간 제비가 다시 올 때 그대 그리워
그 이름 부르고 싶은 사람은
행복한 사람이다.

내 가슴 한쪽에 있는 비밀을 친구에게 다 털어놓을 수 있는
사람은 참으로 행복한 사람이다.

언제든지 보고 싶으면 볼 수 있고 전화하고 싶으면
전화할 수 있는 사람은 행복한 사람이다.
오늘 사랑하는 사람이 있기에 생각만 해도 싱글벙글 웃을 수 있는
사람은 참으로 행복한 사람이다.

◇

오선지

오선지에 음표를 그려 놓습니다.
어찌해야 하지요.
내가 빠뜨린 것이 있어요!
당신의 이름입니다.
많은 사람은 오선지에 음표를 그려 놓지만
나는 당신을 그려 놓겠습니다.

◇

보고 싶은 이산가족

언제 삼팔선은 무너지고 언제 북쪽의 겨울바람은
멈출 것인가?
심장이 고동치는 소리를 가슴에 안고 외칩니다.
언제 삼팔선에 자유의 꽃이 피어나 우리 함께 얼싸안고
목 놓아 그 이름 불러 보겠는가?

대한민국, 영원히 부를 내 사랑입니다.
나의 임이시여!

지금 시베리아 찬 바람을 호통치며 물러가게 하리라.
오랜 세월 우리의 가슴은 석탄처럼 타들어 가며 살아왔나이다.
우리 다시 얼싸안고 밤을 지새울 수 있다면
그날이 다시 온다면

그날이 다시 온다면 그 이름을 부르며
당신을 얼싸안고 목 놓아 울겠습니다.
그림자처럼 내 곁에 있었던 그대여,
한 번만 그 얼굴 볼 수 있다면
늘 사모하는 당신의 이름 부르며
그 손 놓지 않겠습니다.

◇

그 한 사람이라면

그 한 사람이 내가 되었으면 좋겠습니다.
따스한 음식을 먹을 때마다 생각나는 그 한 사람이
내가 되었으면 참 좋겠습니다.

비가 오는 날 생각이 나서 보고 싶은 사람,
바라만 보아도 좋은 사람, 내가 그 한 사람이
되었으면 좋겠습니다.

당신이 슬퍼할 때 마음으로 들어 줄 수
있는 그 한 사람이 내가 되었으면 좋겠습니다.

당신이 내가 되고, 내가 당신이 되어 그리움의 동산에
앉을 수 있는 그 한 사람이 된다면 얼마나 좋겠습니까?

◇

· 아산 풍성한 영농조합 신축 공사

◇

◇

고추 손질하기

희망은 단비와 같습니다. 농부가 땀방울을 흘리며 견딜 수 있었던 것은 풍성한 열매를 기다렸기 때문입니다. 그 단비와 같은 희망으로 인해 우리에게 새 힘이 솟아나길 원합니다.

◇